안부

강송숙 시집

KB162153

오비올프레스

시인의 말

악몽은 나의 생존 확인이다

2022년 3월
강송숙

안부

차 례

시인의 말

1부

2부

3부

4부

발문

1부

영하 1도 어제보다 4도 낮음

떨어진 온도만큼 쌓이는 낙엽 위로
낡고 오래된 기억처럼 첫눈이 잠시
흔적 없이 다녀가고

오늘은 차이코프스키의 비창과
김수영 시 읽기
말년이 불행했던 두 거장과 함께
느리게 슬픈 듯이, 느리게°

두툼한 가디건을 꺼내 입는다

나뭇잎들이 다 떨어지고 난 뒤
선명해지는 빈 둥지들

°차이코프스키 교향곡 6번 비창 4악장

안부

새해 첫날 잠 덜 깬 미용실 원장을 호출해
예약 아닌 예약을 했습니다
간판을 켜고 실내를 덥히는 시간까지 이십 분
집에서 걸어 도착하는 시간이지요
동네미용실이라 가능한 일입니다
아직 썰렁한 실내와 차가운 파마약이 두피에 닿자
등줄기가 오싹합니다 낯선 아침처럼

눈이 오네
머리 가득 헤어롤을 말고
아직은 조용한 아침거리를 내다봅니다
지난 밤 늦도록 떠나지 못하고 서성거렸던
발자국 위로 눈이 내리고 있습니다
찬바람이 골목골목을 들렀다 갑니다
어제를 지우고 오늘을 쓸고 갑니다
눈은 금방 그쳤습니다

말간 얼굴을 한 새해 아침에
오래된 영화의 한 장면으로 묻습니다
내일은 안녕하신가요?

가을밤에

밤바람에 잠을 설치고 일어나
빗물이 고였다 떨어지는 소리를 듣는다

삼 년 전 오늘이 혹은 더 지난 오늘이 사진으로 재생되는
핸드폰을 보며
완벽하게 지워지는 건 없다는 사실에 끔찍해지기도 하지만
삼 년 전 그날을 더 오래전의 그날을 서로 다른 곳에서 같은
악몽에 시달리는
나와 당신에게 심심한 위로를

찬바람만 불어도 맥을 못 추는 여린 것들 말고
동글동글 돌멩이 하나쯤 지니고 살까 돌멩이에 의지해 살까
가끔 노래도 불러주면서 빗소리도 들려주면서

종이 독수리 날개 끝에서 노는 참새를
하루살이라고 할 수 있을까
멀리 떠나는 이의 발소리처럼
내 속에서 돌멩이 하나가 천천히 굴러간다

당신은 믿지 않겠지만

왕복 8차선 내리막 도로에서 출발신호를 받고 빠르게
움직이던 차들이 갑자기 비상등을 켜고 급제동을 한다
무심히 뒤따르던 나도 앞차를 따라 속도를 늦춘다
사고가 났나 싶었는데 차들 사이로 누군가 걷고 있다
역주행이다

뿌리가 뽑힌 나무처럼 길고 마른 사내가 걸어오고 있다
눌러 쓴 모자와 얼굴을 가린 마스크와 허공을 떠도는 눈이
차와 차 사이를 휘청거리며 지나간다
일시 정지된 도로 한가운데 그는 혼자 움직이고 있었다
그는 슬로우로 걷는다

당신은 믿지 않겠지만 아마 나는 그가 부러웠을까
이미 죽어 어디에도 상처 받지 않는 영혼처럼
바싹 말라 숨소리에도 부서지는 낙엽 같은
잠시 그가 되고 싶었을까

신호가 바뀌고 다시 움직이는 차들
그의 흔적은 없다

대추나무 집이라고 했다

평창을 지나 대화 근처에 이르면
대추나무 집이라는 식당이 있다
대추나무는 없다
나무가 있던 자리도 없다 그러나 주인은
마당 한쪽에 오래된 대추나무가 있었다고 했다
몇몇 사람들은 그 말에 동의해 주었다
볕이 뜨거운 늦가을쯤 들러 점심을 먹다보면
가끔 지붕으로 무언가 툭 떨어지는 소리가
들리기도 했다고

오래 살던 주인이 떠나고 난 빈집
마당 가운데 돌로 메운 우물터가 있다
남은 자손들이 집을 허물고
터를 다져 작은 카페를 만들었다
사람들은 그 집을 카페 이름 대신
우물이 있는 집이라고 했다
밤잠 없는 노인이 어둠에 나와
돌을 하나씩 주워 우물 안을 메울 때마다
달빛이 머물다 가기도 했다고 했다

매직 아워

비만 오면 잠기던 마을에 물을 가두고
주변에 꽃과 나무를 심어 공원을 만들었다
한겨울 바람이 잠시 쉬는 동안
벤치에 앉아 일몰을 보기로 했다
얼마 지나지 않아 해가 사라지자 산이
호수가 그리고 내가 온통 주홍빛이다

며칠 앓고 일어난 한낮 창을 열자 우르르 쏟아져 들어오는
눈발을 맨얼굴로 맞다가 문득 15층에서 뛰어내리고
싶어졌다는 그녀의 목소리는 웃고 있었다 그것은 죽음이
아니라 새 삶의 순간이었다

공원 한쪽에서 나무를 깎고 다듬던 공구소리가
잦아들고 물오리 떼들이 파장을 만들며
호수 가운데로 헤엄쳐온다
지나간 모든 시간들이
그들에게는 빛나는 순간이다

바닥을 보는 일

일흔 생일을 맞아 남편과 카페에 앉았는데
창밖으로 속절없이 떨어지는 낙엽을 보다가
혼자 촉촉해진 여사님
나는 가을을 타니까 당신 혹시 가려면 가을에 가지 말고
여름에 가시라 너무 더우면 슬퍼할 새도 없지 않겠나
혼잣말인 듯 중얼거렸는데 그 말을 들은 남편은
일찍 가라는 소리로 듣고 발끈하셨단다
여름이 가을보다 이른 계절이긴 하지만
어찌 저렇게 다른 채 반백년을 살았을까
사람 바닥을 보는 일이 저렇게 가볍다니 싫어
갑자기 가슴이 싸해지더라는 여사님
결국 커피는 비우지도 못하고 일어나셨다는데

하늘은 높고 말은 살이 찌는 계절이라고
주렁주렁 잘 익은 감들만 봐도 그저 마음 넉넉한데
무슨 일인지 바람만 스쳐도 소름 돋게 아프다는 통풍처럼
나무에 매달린 잎들을 보는 우리는 만감이 교차한다

붉은 달

추위에 취약한 나에게
내일부터 추워진다는 소식은 곧
네가 떠날 거라는 말처럼 가슴 시린 일

월식이 시작되었다는 문자에 문득
문을 열고 바라본 밤하늘엔
어둠 속으로 점점 사라지고 있는
보름달 그 붉은,

묵은 것들을 버리고 새것으로
빈자리 채워 넣는 기쁨도 있다고
젊은 너는 말하지만 나에게 새것은
화단 난간에 걸터앉아 새 운동화 바닥에
들러붙은 흙을 긁어내는 어쩌면
그렇게 성가시거나 혹은,
핏빛으로 번지는 달을 뿌연 눈으로
좇는 불편한 일이다

상강

남의 집 마당에 사는 것들이 영역 다툼을 하느라 밤을 새는
동안 일찍 찾아 온 추위에 나뭇잎은 제 색을 내지도 못하고
떨어졌다 서리에 얼어버린 낙엽을 피해 걷는다 새벽기도를
마치고 나온 할머니가 지팡이를 앞세우고 언덕길을 천천히
올라간다 대문 위에 달린 센서등이 반짝 켜졌다 꺼진다
어둠 속에서 학교 운동장을 걷던 그림자들이 집으로 돌아
가고 이어서 가로등 불이 하나씩 꺼진다
그 모습을 가만히 서서 바라본다
등 뒤로 찬바람이 불어와 부딪친다
해가 뜨긴 아직 이른 시간이다

아무도
떠나지 않아도 쓸쓸한 계절이다

소리를 찾아

춘천 사는 막내 사위가 다녀가면서 은행을 한 자루 놓고 갔
다 손을 쓰면 치매 예방에 좋단다 일 없는 내 모습이 무료
해보였나 싶어 슬쩍 무안하다 어지간히 꼼꼼히 씻었는지
반들반들하다 호두와는 달리 은행 껍데기는 작고 미끄러워
둥근 부분을 엄지와 집게손가락으로 고정하고 가볍게 모서
리를 두드린다 톡톡

덜 닫힌 냉장고 소리인가 엉킨 세탁물 때문에 멈춘 세탁기
소리인가 집안에서 나는 반복적이고 규칙적인 소리에 밤잠
이 깬다 나이 들면서 자잘한 소리에 점점 예민해진다 주방
과 거실을 돌아봤지만 딱히 원인이 될 만한 문제가 보이지
않는다 날이 밝으면 다시 살피리라 안방으로 돌아가는데
거실 베란다 쪽에 웅크리고 누운 그림자가 달빛 아래 잠들
어 있다 저녁 내내 사위의 도착 전화를 기다리던 아내가 그
대로 잠이 든 모양이다 푸푸

낮달

낮달처럼 살아

도무지 진도가 나가지 않는 수업처럼
한 줄도 엉망인 시 쓰기를 멈추고 보니
갑자기 당신 안부가 궁금해집니다

빈집 우편함에서 며칠을 지내 눅눅해진
당신의 시집을 이제야 꺼내봅니다

낮달처럼 살아
없는 것처럼 숨은 것처럼

덤덤하게 말하던 당신이 생각납니다

퉁퉁 불어버린 페이지를 펴려다
어지러운 심사에 결국 시집을 덮습니다
잔뜩 흐린 하늘 어디쯤

오래 떠 있는 낮달

당신의 안부였습니다

한마디 말

애틋하다 라고 썼다 지우고 아련하다 라고 썼다 지우고
보고 싶다 라고 썼다가 지운다
그저, 푸른 하늘이다

어려서 도시로 유학을 가 생활하다 노년에 고향으로 돌아
왔다는 지인은 시골에서 나고 자란 친구들이 평생 쓰는 말
이라곤 육백단어가 채 안 되는 거 같다고 말했다 고향친구
라는 이유로 격 없이 대하는 그들이 낯설고 서운하다는 뜻
이겠는데 그럼에도 육백 단어를 고작이라고 하다니

첫아이를 안고 키우며 겨우 입 뗀 한마디에
세상을 다 가진 듯했던 때를 잊은 탓이지
화면 가득 문자를 보내도 ㅇㅇ이거나 ㄴㄴ 하나 보내는
사춘기 아이에게
그래도 답을 주니 고맙다고 해야 했던 가슴 저리던 시절도
있었는데

입 닫고 돌아앉은 아내야

이젠 삐져나온 머리카락만 봐도

당신의 복잡한 심사를 알고도 남겠지만

구름 한 점 없이 쨍한 가을 하늘을 보며 우리

무슨 말이라도 해야 하지 않겠나

우리에겐 아직 남은 말들이 있지 않겠나

추분 지나고

이른 아침부터 아파트 마당이 분주하다 대추를 터는 날이다
경비원이 사다리를 타고 올라가 장대로 가지를 흔들고
방송을 듣고 모인 입주민들이 잘 익은 대추를 주워 담는다
등교하던 아이가 떨어진 대추알 하나를 발로 툭툭 차며
걷는다

미용실 앞에 만들어 놓은 매대 위
골판지에 큼직하게 써놓은
'방금 딴 사과 있음'
바구니에 담긴 사과가 볕을 받아 반들반들 빛이 난다

시화전에 가서 책 한 권을 받아들고 나오다가
다른 전시관에 가서 사진전을 구경했다

오랜만에 통화를 하게 된 지인과
만나 커피를 한 잔 하기로 했다
이게 얼마만일까 손가락을 꼽다가 각자 보낸
계절을 회상하다가

그것도 무의미해져서 나무 그늘 아래 앉아
서로의 빈 눈만 바라보다 헤어졌다
당신의 부재가 절실한 계절이다

그믐밤

너를 만나러가는 날이 하필 그믐밤이었습니다만
곳곳에서 밤을 밝히는 불빛에 걷는 길은 수월했습니다
밤이 낮처럼 밝아서
달을 쳐다볼 일이 있었겠습니까만
환한 어둠 속을 걷다가 무심코
밤하늘을 올려봅니다
달도 없는 밤입니다

밤을 걷는 사람들이 어둠을 찾아 들어가고
나는 혼자 길에 서있습니다
달보다 작다는 이유로 무리에서 퇴출되어
숫자로 불리게 된 행성 하나를 문득 생각합니다
나는 너에게 어떤 숫자일까
너의 주변을 서성이고 있는
수많은 그림자 중 하나일까
떨어져나간 조각일까

결국 너를 만나지 못하고 돌아옵니다

달은 아직입니다

가을

무엇이 그리 노여웠을까
지팡이로 가게 문을 두드리는 노인을
길 건너편에서 바라본다
저러다 문 부서지겠네 고집스럽긴
누군가 지나가며 혀를 찬다
그러나 그는 안다
막장까지는 못 간다는 걸
오늘은 이 정도만
지금은 이만큼만
계산이 다 있다는 걸
삶이란 그렇게 비루하다는 걸
무슨 설움이 저 지팡이 끝에 모였을까
다 쏟아 붓고 좀 가벼워졌을까
한참 숨을 몰아쉬던 노인이
지팡이를 끌고 저문 길로 들어선다
오래 기다린 듯 석양이 그를 둘러싼다

고사떡을 받고

냉동실 바닥을 긁어 떡 한 덩어리를 꺼낸다
지난해 미처 먹지 못하고 넣어두었던 고사떡이
냉동실에서 한해를 살아 마침내 사명을 다했으니
시효 지난 부적 모시듯 종이에 돌돌 말아
쓰레기봉투에 넣는다

오늘 새로 들어온 고사떡을 냉동실에 넣는다
집안에 입이 많지 않아 항상 남을 걸 알면서
굳이 받아 냉동실에 넣어 아래로 아래로
결국 바닥까지 내려가 또 한해를 묵힐 셈이다

삶이 절실하지 않아도 어딘가 믿는 구석 하나 남겨둔다는 건
나뭇잎을 하나씩 떼는 일과 별반 다르지 않을 것이다
라고 믿으며

단팥빵을 먹다가

날씨가 추워지면서 보일러가 말썽을 부렸다
도움을 부탁한지 열흘이 지나 방문한 설비사장님이
늦어서 미안하다고 단팥빵 두 개를 내민다 지난해
부인이 베이커리를 개업했다는 소식은 들었지만
뜬금없이 빵이라니

길고양이가 작업장에 놓인 박스 안에 새끼를 낳았단다
작업장이 외진 곳이라 먹이를 줄 것이 없어서
급한 대로 매장에서 만든 빵을 가져다 먹이기 시작했다고

공자는 빛깔이 나쁜 것과 냄새가 나쁜 것과
요리 잘못한 것은 먹지 않았고
자른 것이 바르지 않으면 먹지 않았다고 하는데

고양이에게 달고 짜고 매운 음식은
치명적이라는 말을 나는 차마 하지 못했다
굶어 죽는 거 보다는 낫지 않을까 싶었고
이번 생은 단팥빵에 적응해 살아가기를

아기고양이의 거룩한 양식을 나눠먹으며
나는 소원한다

2부

하지

망자의 부름을 받고 모인 동창들 사십년 지난 얼굴들이 무심히 안부를 묻고 다시 흩어지면서 누구랄 것도 없이 건강하자고 인사하지만 손 흔들고 돌아서가는 저 굽은 등이 나를 부를까 아니면 내가 저들을 다시 모이게 할까 한숨만 쉬어도 불붙을 것 같은 이 한낮에

창밖의 남자

지금 몇 시랍니까
핸드폰도 시계도 없답니다
머리 위에 해가 있으니
정오가 지나지 않았을까 싶습니다만

장날을 빼면 그저 한가한 상설시장에 벽이 온통 푸른색인
카페가 하나 생겼습니다 커피 몇 종류와 와인과 치즈가 있
습니다 카페 건너편에는 할머니들이 나란히 앉아 전을 부치
고 있습니다 커피는 생각이 없어서 메뉴에 없는 맥주를 주
문해 보았습니다 그러자 주인은 잠시 생각하는 듯 하더니
캔 맥주를 꺼내 머그잔에 따라줍니다 주인의 비상식량이랍
니다 메뉴에 없는 땅콩과 다크초콜릿도 내줍니다 주인의 비
상식량을 축내는 동안 전을 부치던 할머니들이 집으로 돌
아가고 상점들도 하나둘 문을 닫습니다 사방이 조용해지자
주인이 기타를 꺼내 연주를 시작합니다 그 소리 때문일까요
안을 기웃거리던 몇 사람이 문을 밀고 들어옵니다 비 냄새
도 함께 들어옵니다

비가 내리고 있답니다

당신은 아직도 밖에 계시렵니까?

어두워지면 그림자로 합석하시렵니까?

4월

눈이 내린다고 했다
한겨울이 다 지나고 이제
눈이 내리면 얼마나 올까
봄눈인데
마당을 치우고 돌아보니
눈이 가득이다
하루가 지나고
또 하루가 지나고
사흘 내내 폭설이었다
바람도 없이 소리도 없이 내렸다
가슴까지 오는 눈길을
나는 푹푹 빠지며 걸었다
누군가 꿈속이라고 했다
꿈 일거라고 했다

나는 지금

무인발급기 앞에 서서 음성 안내에 따라 주소를 선택하고
생년월일을 적고 엄지손가락으로 지문 확인을 하고 약간의
비용을 지불하고 참으로 내내 진지한 과정을 거쳐 - 그것이
오롯이 외로운 작업이었음을 - 덜컥,
떨어지는 캔 음료를 꺼내듯 종이 한 장을 꺼내 나를 확인
한다

삭제하시겠습니까?
상의도 없이 사라진 기록들
전생에 갚을 빚이 없다면
현생에 바랄 것이 없다면
나는,
공란입니다

저기 노을 좀 봐

한 끼 저녁 먹자고 그 먼 거리를 운전해 온 당신은 짧은
저녁자리가 내내 서운했겠지만 먼 길 오는 동안 낯설거나
익숙한 무엇들이 조금도 설레거나 반갑지 않았냐고 차창을
열면 코끝이 찡하도록 찬바람이 들어와 마음을 움직이지
않았냐고 묻고 싶었지만 횟집에 앉아 말없이 사진을 찍는
당신
바다 뒤에 어선 뒤에 창 뒤에
그리고
당신 뒤에

저기 노을 좀 봐
어쩔 수 없는 저녁이 저기 있군

낮술

바람 불고 비 내리는 날은 낮술이 좋지 볕 부시고 꽃 고운
날에도 낮술이 좋지 대낮에도 캄캄한 반 지하 술집에 문만
열어 놓은 채 잠든 주인을 두드려 깨우니 장사익을 틀어주
며 술은 셀프하시란다 저 적적한 목소리에 찔레꽃 여러 번
피고 지는 동안 저런, 술은 마시지도 않고 취하겠다 바싹 달
군 더위 한가운데로 검은 고양이가 걸어간다 고양이라고 했
지만 그림자일지도 모르겠다 고양이는 한 번도 돌아보지 않
고 어쩌면 그림자도 다른 길로 가버린다 그 모습을 바라보
다 혼자 마음을 다친다 주인은 아직 잠에 취했고 무단침입
한 객들은 냉장고 불빛 아래에 오래 있다 오늘은 그렇게 취
해 혼자 어디든지 가겠다

입추

저녁에 비가 오면 보자고 했다 안개가

이제 막 입주를 시작한 이십 일 층 아파트를

힘겹게 올라가는 시간이었다

아침부터 부슬부슬 비가 내린다

이 비가 저녁까지 내릴까

얼굴에 선크림을 바르고 길냥이들 사료와 물을 바꿔주고

마당에 잡초를 뽑았다 잡초가 뿌리째 올라온다

잡초는 비오는 날 뽑는 게 좋다

지난봄에 사다 심은 꽃잔디가 잡초 틈에서 꽃을 피웠다

끔찍하네

아이들이 좋아한다고 몸집이 작은 것들만 데려왔단다 가

령 사막여우나 미어캣 그리고 라쿤 같은, 사방이 훤한 동물

부스 안에 쭈그리고 앉아 모래주걱으로 배설물을 걷어내는

직원의 모습을 보면서 누군가 중얼거렸는데 그 말이 동물에

게 하는 소린지 어린 직원에게 하는 소린지 나는 돌아오는

내내 궁금했다

비는 종일 내렸는데 너는 오지 않았다

처서 지나고

시내에서 조금 떨어진 곳에 위치한 웰빙산은 산책을 하거나 가볍게 등산을 하려는 사람들이 자주 찾는 곳이다 등산로 입구 휴게소 마당에는 백구 한 마리가 묶여있는데 낯선 사람이 집을 기웃거려도 그저 꼬리만 흔들 뿐 짖는 법이 없었다 저렇게 순해서 도둑은 잡겠냐고 근로 나온 노란 조끼 노인들이 쓰레기 줍는 집게로 공연히 바닥을 탁탁 치고 지나가기도 했다 간혹 등산객들이 먹을 것을 나눠주면 꼬리가 떨어져라 흔들던 백구가 지난밤엔 밤새 짖더란다 쉬지도 않고 짖더란다 무슨 일인가 싶어 날이 밝자마자 주인이 나가봤더니 웰빙산 한쪽 골짜기를 둥지삼아 여름을 살던 왜가리 떼들이 밤새 추위를 피해 떠나고 없더란다

기다리는 동안

치악산 명성수양관에는 개인 기도실이 있다 천정에 전구 하나, 바닥에 방석 하나, 들고나는 문을 제외하고는 사방이 막혀 있다 현대식 토굴인 셈이다 맞은 편 후문 주차장에 차를 세우고 시동을 끄면 짐승 울음 같은 기도소리가 옛길로 가는 계곡을 건넌다 싸리치 옛길은 단종이 영월로 귀양 가면서 지났다는 길이다

기도실로 오르는 좁은 길에
상수리나무 열매 몇 개 떨어져 있다
그 작고 가볍고 둥근 것이 내 발에 채여
빠른 속도로 굴러 내려간다

너는 내게 부르짖으라
내가 네게 응답하겠고°

오랜 기도가 끝나고
한없이 작고 가볍고 둥근 이들이 각자
다른 방에서 나와 한 방향으로 걸어간다

°예레미야 33장 3절

불청객

문득 찬 기운으로 잠 설친 아침
마당에 가끔 나타나 사료만 축내고
사라지던 어미 길고양이가
현관문 앞까지 올라왔다 그 곁에
어린 고양이 두 마리 어미 곁에 바짝 붙어
눈을 똥그랗게 뜨고 앵앵거린다
저렇게
귀엽고 당당한 불청객이라니

청평사

청평사로 가야지 지난밤 뒤척이며 찾아낸
기억들을 가방에 넣고 청평사로 가야지
조각조각 부서지고 어긋난 것들이
내 속에서 덜컥거리는데 오월은 푸르고
그러나 나는 즐겁다

창창한 하늘에 한 조각
봄볕에 반짝이는 푸른 바람에 한 조각
비석 받침돌 안에 고인 빗물에 한 조각
-소실된 비석을 대신해 그 안에 잠시 서 있었던
내 마음에도 한 조각-
소원성취 기원을 매달고 오래 수고한 연등에 한 조각
하산하다 만난 젊은 연인 품속에 안겨 있던
요크셔테리어에게 마지막 남은 한 조각
탈탈 털고 내려와야지 그러고 나면 선착장이
보이는 식당에 앉아 알덴테로 삶은 막국수를
꼭꼭 씹으며 생각하겠지 오월은 푸르고
그래서 나는 행복하다고

배가 있고 뱃사공이 있다면°

나는 강으로 가겠소 님아 그 강을 건너지 마오 누군가 목이
터져라 외치겠지만 실은 아무도 말리지 않겠지만 나는 뱃사
공을 꾀여 강으로 갈 것이오 빨리 일을 마치고 두둑이 챙겨
처자식에게 돌아갈 기쁨에 실실 웃음을 흘리는 늙은 뱃사
공에게 나는 말 할 것이오 어서 강으로 가자고 박재삼의 저
울음 타는 가을 강으로 가자고, 황인숙의 미쳐버리고 싶지
만 미쳐지지 않은 강으로 가자고, 정희성의 흐르는 물에 슬
픔이 담긴 삽을 씻으러 강가로 가자고, 그리하여 가장 깊고
잔잔한 곳에 이르면 빈 배로 돌아가는 뱃사공에게 나는 손
흔들며 말 할 것이오 수고하셨소 라고

° 미셸 투르니에 『뒷모습』 중

고달사지에서

하필 미세먼지주의보가 내린 날 폐사지 답사냐고
걱정반 놀림반 아이의 배웅을 받고 나선 길이었다
죽은 나뭇가지를 비껴 새 가지가 올라온다
아직 붙어있는 마른 꽃을 피해 새순이 올라온다
긴 겨울 끝을 봄이 밀어내고 있다
글자들이 떨어져 나간 안내 표지판을 지나
없는 절문을 들어선다 잠시 모래바람에 주춤

오랜 세월에 기둥도 지붕도 그 많던 사람들도 다
보내고 저 혼자 단단한 주춧돌을 보면서 나는 생각한다
주인의 채찍질에도 꿈쩍 않던 토리노의 말을 생각한다
말의 목을 끌어안고 통곡했다는 니체를 생각한다
돌처럼 굳어버린 말을 생각한다
말처럼 꿈쩍 않는 돌을 생각한다 이제
나는 돌아가 도리없이 한밤을 꼬박 앓게 될 것이다

봄바람 타고

우리는 수업을 시작하고 그들은 휴식이 끝났다 수타사 생태
숲 벤치에 앉아 시는 무엇인가 자못 진지한 숙제를 놓고 고
민하는 동안 그들은 제초작업을 시작했다 한 사람 두 사람
급기야 세 사람이 동시에 제초기에 시동을 걸었다

내게 시란 무엇인가
풀이 흩어진다
꽃이 공중으로 튀어오른다
내게 시는 무엇인가
웃자란 잔디거나
성질 급한 꽃송이거나
소란 속에 울컥 터져 나오려던
내 속엣말이거나
그 모든 잘린 것들이
윙윙거리며 날아오른다
봄바람 타고 날아오른다

바다는

안목항 산토리니 카페 3층에 앉아
바다를 본다
유리벽을 사이에 두고 바다를
내다본다
여자아이 둘이 조심조심 바다로
다가가다
와악 소리치며 뒤로 물러난다
신발 속으로
불쑥 들어오는 젖은 모래가 섬뜩
했으리라
낯설고 찬 기운이 몸서리치게
만들었으리라
단단한 유리벽 안에서 나는 바다를
본다
소나무 숲에 주저앉아 모래를 터는
여자아이를
본다 하지만 젖은 모래는 쉽게 털리지
않는다

한 아이가 스마트 폰으로 그 모습을

찍는다

바다는 아이의 뒤에 있다 일행 중 한

사람이

사진을 찍는다 산토리니

카페에서 우리는

커피 잔을 앞에 놓고 사진을 찍는다

바다를

등지고 찍는다 바다는 모두의 뒤에

있다

그리스에 가요 라고 그녀가 말했을 때

나는 죽은 길고양이가 떠올랐다

임종이 가까운 할머니를 집에 모신 어머니는 누워있는 할머니 등에 손을 넣어보고 곧 가시겠다 말씀하셨다

집 근처에 오랫동안 살면서 가끔씩 눈도 마주치던 길고양이가 병이 들어 찾아왔다 안쓰러운 마음에 등을 쓸어주는데 한참동안 몸을 맡기고 있던 고양이는 마악 꽃봉오리가 맺힌 철쭉 사이로 들어가 죽었다 마른 등가죽 아래 뼈 마디마디가 내 손바닥에 꾹꾹 찍힌 이른 아침이었다

유적지를 보게 될 거라고 했다 그녀는

할머니가 쓰시던 방은 아침마다 문을 조금씩 열어놓았는데 우리는 그 후로 한참동안 등굣길을 배웅하는 할머니의 모습을 보곤 했다

몇 번의 비바람이 지나고 철쭉꽃 붉게 핀 봄날 어미가 풀어놓은 새끼고양이들이 비틀비틀 꽃 사이를 뛰어다니고 있다

여러 겹의 방

하루걸러 한 번씩 다섯 번은 오시라는
한의사 처방에 이 좋은 가을날 누워
침이나 맞아야하나 싶었지만 오래전부터
삐걱대는 몸을 영 모른 체 할 수 없더라
한번은 사흘째 되는 날 갔다가
다음엔 일주일 만에 갔다가
아침부터 비가 추적추적 내리는 어느 날에는
일도 약속도 미루고 딱딱한 침상에 누워서

빗소리를 듣는다
멀리서 오는 소리를 듣는다
급하게 왔다가 느닷없이 돌아가는
소리를 듣는다
눈을 감고 듣는다
온몸으로 듣는다
너는 소리로 왔다가 간다

거대한 죽음

길고양이 중에는 어린 새끼들을 여럿 데리고 와서 마당에 풀어놓고 제집인양 사는 고양이도 있지만 어느 틈엔가 물어다놓고 그냥 가버리는 비정한 어미도 있다 그렇게 버림받아 병든 어린고양이를 어줍잖게 집에 들여놓고 바라보다 결국은 마지막 숨까지 눈에 박고 말았다 동물병원에서 처방받은 일주일치 가루약은 겨우 한 봉지 썼을 뿐이다 그날 밤 정치인의 부인으로 인권운동가로 오랜 세월을 보낸 이의 부고가 들려왔다 먼 나라에서 조문객이 다녀가고 장례일 내내 그는 생중계로 살아났다 북에서 온 조화는 영구 보존 된다고 했다 거대한 죽음이다 아니, 거대한 생이다 담요에 둘둘 말아 소각용 쓰레기봉투에 담아 내놓은 어린 고양이는 다음날 일찍 소각한다고 했다

3부

망종

폭염주의보가 내린 한낮
먹을 것을 찾아 기웃거리던 길고양이들도
더위를 피해 들어가 사방이 조용한데
누군가와 통화하면서 골목 앞을 서성대는 남자
목소리가 커졌다 작아졌다 족히 삼십분은
더 지난듯하다 나른한 여름날
중얼거리는 소리에 잠깐 잠이 들었을까
씨발
끊어
끊어
끊으라고!
먼저 끊지도 못하고
쉽게 끝나지도 않을
저 길고 지루한 줄다리기가
오수에 빠진 골목을 가득 채운다

소리

아기고양이처럼 찍찍 우는 새가 있다
새처럼 찍찍대는 아기고양이가 있다
숲길을 걸으며 고양이 소리를 듣는다
골목을 돌아 들어가면서 새소리를 듣는다
너는 소리도 구별 못하냐고 하겠지만
모든 작은 것들의 소리는 같다
모든 어린 것들의 소리는 같다
어린 것들이 제 몸집보다 몇 배의
큰소리를 낼 때는 그저 조심히 지나칠 일이다
그 소리는 자신을 지키려는 소리가 아니라
자신보다 더 작은 것을 지키려는 소리니까

절에 가면

나는 석등에 맘이 가더라고 부처야 석가모니나 아미타불이
나 모습도 비슷비슷하고 법당 좋은 자리에 모셨으니 다 좋
은데 석등은 절 마당에서 눈비를 맞고 서있는 것이 볼 때마
다 짠해 집사람 먼저 가고 혼자 지내다보니 이런저런 불편
한 일이 많고 자식들 눈치도 보여 요양원에 가기로 결정한
날 아들내외가 와서 저녁을 먹고 있는데 어린 손자가 느닷
없이 할아버지하고 사진을 찍자고 하네 할아버지 가시기 전
에 가족사진 하나 만들어 놓자고 그 바람에 얼떨결에 사진
을 찍게 되었는데 사진관 배경 대신 며느리가 제사 때 쓰던
병풍을 꺼내 벽 삼아 세우고 그 앞에 나를 앉히더라고 그리
고 저들끼리 자리 잡느라 뒤에서 한참을 우왕좌왕 하는데
이런, 가만히 앉아있다 보니 언젠가 절에서 본 석등 생각이
나더군 그것이 지금 나 같더라고 너무 오래 살아 귀퉁이가
다 허물어진 모양이

다시 태어나고 싶소

항상 먼저 도착해 너를 기다리고 싶소
늦어 미안한 얼굴에게 괜찮다고 웃어주고 싶소
느닷없는 소나기에 흠뻑 젖은 여고생 한 무리가
카페 유리벽에 몸을 기대 비를 긋는 모습을 보며
우리도 그랬었지 눈 맞추고 싶소
편의점 화장실쯤에서 깔깔거리며 칠했을
저 굵은 눈썹과 붉은 입술을 따라 하고 싶소
카페 유리를 거울삼아 화장을 고치다
나와 눈이 마주쳐도 뭐 어때 하는 저 표정을
나는 사랑하고 싶소 짧은 교복 스커트 아래로
퍼렇게 언 허벅지를 내놓고 세상 즐거운
저 아이를 나는,

저 아이가 되고 싶소
다시 태어나고 싶소

버려진다는 것

지난여름 석 달 동안 버려진 유기동물이 삼만 마리가 넘는다고 한다 휴가지에 데리고 갔다가 쓰레기 버리듯 두고 간다는 것이다 향교주변에는 오래된 집들이 많은데 대부분 노인들이 개를 키우면서 살고 있다 하지만 집을 지킨다고 호기롭게 짖어대는 대형견보다는 사람만 보면 길바닥에 납작 엎드려 꼬리를 흔들어대는 포메라니안이나 마당 한구석에 묶여 웅크리고 있는 말티즈를 보게 되는 일이 더 이상 낯설지 않게 되었다 자식들이 키우다 이런저런 이유로 노인들에게 떠맡기는 것이다 또 다른 유기인 셈이다

비가 내립니다

프런트에서 우산을 빌려 아침 산책을 갑니다 밤늦도록 골목
을 혼자 밝힌 왕대포집 간판도 가게 앞에 자리 잡고 앉아 화
장실 가는 길을 알려주던 주인아저씨도 오래전 이야기 같은
아침입니다 어제 올랐던 수원화성을 천천히 걷습니다 야경
을 보겠다고 누마루에 올랐다가 신발을 벗으라는 안내방송
에 미안하고 부끄러워 도망치듯 내려왔던 지난밤 기억들이
맨얼굴로 다가옵니다

등교하는 학생들 틈에 고양이 한 마리가 비를 피하고
있습니다
편의점에서 참치 캔을 하나 사서 놓아줍니다
허겁지겁 먹을 거라는 기대와는 달리 그도 취향이 있는지
빤히 쳐다보다가 그냥 가버립니다
화장실 가려면 버스를 타야해요
왕대포집 주인의 진지한 농담이 생각납니다
애꿎은 빗줄기만 자꾸 굵어집니다

한참

며칠 봄비 다녀간 아침
아직은 빗속인 듯
사방이 조용하다
일찌감치 출근한 가게 주인이
문을 열다말고 바닥에 떨어진
꽃잎을 한참 들여다본다
건너편 길에서 그 모습을
조용히 바라보던 탁발승
길을 건널 듯 한참 머뭇거리더니
그냥 돌아서간다

가을

평소에는 굳게 닫혀 태극무늬 세 개가 선명한 향교 대문이 오늘은 이른 아침부터 활짝 열렸습니다 기로연이 있는 날입니다 만수무강을 기원하는 현수막이 풍화루 난간에 걸리고 비질이 잘 된 마당 입구에 놓인 탁자에는 보온물통과 커피 상자가 손님들을 맞이합니다 연한 쪽빛 도포를 나눠 입은 어르신들이 커피를 한잔씩 받아 들고 각자 자리를 찾아 앉습니다 이 행사는 지역 어르신들의 건강과 안녕을 기원하는 자리입니다 국민의례와 내외 귀빈의 인사말이 진행되는 동안 등을 기댄 의자 뒤로 몇 안 남은 은행잎이 허공에 잠시 머물다 떨어집니다 바람도 없이 햇살이 순하게 내려옵니다 먼발치에서 그 모습을 지켜보는 하객들 볼이 가을볕에 붉어집니다

기별

꽃이 한창이라는 문자를 받았다
계절이 가기 전에는 보겠지
눈에 아른대는 가을꽃들을
가끔 잊었다가 간혹 생각이 났다가
한번은 가야지 벼르다가 밤비
오래 내린 뒤 갑자기 쌀쌀해진 아침
산책을 나섰다가 꽃대가 뭉텅 잘려
길게 늘어진 꽃무리들을 보았다
너무 늦었구나

빈 들판을 한참 바라보다가
돌아오며 생각 한다
긴 겨울 지나고 살아남은 것들이
싹을 틔우고 다시 꽃이 필 때
기별 없어도 내가 가겠다고
잊지 않고 다시 보러가겠다고

꽃은 지고 잎도 뚝뚝 떨어지는데

집에 와 생각하니 그 무슨 노랫말처럼 내가 왜 이러는지 몰라 그냥 지나가도 되는데 아침부터 비가 내려 축축한 길을 겨우 오르고 있었는데 하필 마당에 앉아 길고양이에게 먹이를 주는 젊은 여자와 눈이 마주치고 그 틈으로 새끼와 밥을 먹는 어미 고양이를 본 순간 내가 왜 그랬을까 힘겹게 올라가던 골목길을 다시 내려가 고양이들한테 자꾸 밥을 주니까 내 집까지 들어와 성가시게 하니 굶어죽게 두라고 아니면 신고하겠다고 으름장까지 놓고 돌아섰는데 왜 그랬을까 제발 그냥 지나가요 어미고양이의 저 눈빛을 모른 체하고 굳이 악담을 퍼붓고 온 건 백일이 훌쩍 지난 손자를 한번 못 봐서도 아니고 아기를 안은 장모 옆에서 실없이 웃고 있는 아들 프로필 사진이 원망스러운 것도 아니고 이 쓸쓸한 명절을 혼자 보낼 걸 염려해서도 아니고 내 속도 모르고 툭툭 떨어지는 낙엽이 서운해서도 아닌데

상강

한낮이었다고 했다
이런저런 일들로 다들 집을 비운 사이
좁은 골목으로 구급차 한 대가 다녀갔다고 했다
본 사람은 없었다고 했다

슬레이트 지붕으로 대추가 떨어져 구른다
급하게 떠난 주인 대신 마당에 내놓은
옷가지들이 집을 지키고
사랑방 삼아 드나들던 노인들이
굳게 닫힌 대문 밖을 서성이다
길가에 늘어진 호박 줄기를 거둬
울타리 위로 올려놓는다
며칠째 백열등 혼자 환하고
가끔 들러 문틈을 기웃대던 노인들
고개를 흔들며 돌아가고
오래 빈 집
밤새 떨어진 낙엽 위로 찬서리 하얗다

다리를 건너며

비 온 다음 날 강물은 붉은 흙더미를 안고 흐른다 갑자기 보
금자리를 잃은 청둥오리 떼가 강기슭에서 서성거리고 있다
오래전 많은 연인들의 철 지난 동화 같은 약속과 추억들이
다리 아래로 꽃잎처럼 날리거나 빗방울처럼 떨어져 사라졌
겠지 밤새 불어난 강물에 바퀴가 빠진 승용차 한 대가 견인
되어 밖으로 나오고 구경하던 이들이 각자 자리를 뜨자 먼
곳에서부터 물안개가 서서히 걷히고 있다

다시 폐사지에서

십오 분이면 충분할 거라던
카페 주인의 말과는 다르게
절터는 쉽게 나타나지 않고
봄볕 쏟아지는 오후
간간이 지나는 차를 피해
발끝만 보며 걷는데

저기 누군가 그림자처럼 서있다
귀퉁이가 무너진 석탑처럼
기둥을 다 놓아버린 대들보처럼
처음부터 한풍경인 듯 모래바람을 다 맞고 있다
나는 더 가까이 가지 못하고
한참을 바라보다가 그냥 돌아서는데

해진 바짓단을 스치고 가는 봄바람에도
저 노인,
살이 다 녹겠다

첫 시집을 상재한 당신에게

만나서 차 한 잔 하자는 말이 허언이 되어버렸습니다
이것도 다 시절인연이겠지요
어제 밤 우편함에 반쯤 걸친 당신의 시집을 받았습니다
우체국 소인이 없는걸 보니 아마 직접 다녀가신 듯 합니다
한겨울에 진한 개나리 색 표지는 속을 들여다보지 않아도
당신을 이야기하고 있습니다 인생 별거 있어?

나는 지금 시집을 손에 들고 활짝 웃고 있는 젊은 가수의 기
사를 보며 아침을 시작합니다 그의 진지한 노랫말들이 어디
에서 기원했는지 짐작케 하는 내용이었습니다 나는 좀 부
끄러워졌습니다 알아듣기 쉽다는 호평과 평범하다는 혹평
을 동시에 듣는 작곡가 유키 구라모토는 자신을 '도움을 주
는 피아니스트' 라고 말합니다 타인의 음악생활에 도움이
되기 위해 노력했다는 말입니다

당신의(나의) 고뇌가
당신의(나의) 푸념이
그리고 당신이(내가)

헐값이 되지 않길 나만
바랄뿐입니다

교장선생님 훈화 같은 말씀만 늘어놓았습니다
시와 훈화는 짧아야 좋답니다
건투를 빕니다

뒷모습

전 주인이 가족노래방으로 사용하다 비워둔 지하실 문틈으로 병든 아기 고양이가 들어왔다 습하고 어둡지만 다른 짐승들에게 몸을 피하긴 괜찮은 장소지 싶어 약과 사료를 챙겨 넣어주었다 그러나 돌보는 내내 구석에 숨어 이를 드러내고 곁을 주지 않더니 결국 며칠 지나지 않아 다시 나가버렸다 인사 없이 가는 것도 이젠 서운하지 않은 나이라고 당신은 말했지만 헤어지는 일은 예고가 없어 혼자 남아 뒷모습을 바라보는 일이 익숙해지지 않는 건 단지 미련 때문은 아닐 것인데
천천히 낮이 밤으로 바뀌고
길고 오랜 밤이 지나 다시 밝아올 동안
나는 생각한다 너를 어떻게 읽을까

4부

!

똑같이 이렇게 써줬어요

이름 쓰고 날짜 쓰고

시집에 사인을 하며 시인이 말했다

그래도 저는 좀 다르게 써주세요

마침표를 찍고 잠시 생각하던 시인이

이름 옆에 느낌표 두 개를 그려 넣는다

오랜 친구와 만나 강릉 시외버스 터미널 앞에서 칠천 원

하는 감자탕을 한 그릇씩 먹고 헤어진 주말 저녁 친구는

핸드폰 화면 가득 홍매화를 찍어 보냈다 잘 지내라는 말

대신 나는 느낌표를 가득 적어 보냈다

부적

처음 운전을 시작하자 어머니는 차에 걸어두고 다니라고 붉은 봉투를 하나 챙겨주셨다 겨우 엄지손가락만한 봉투에는 야무지게 눌러 접은 누런 종이가 들어있었는데 사고예방부적이라고 했다 오랫동안 룸미러에 걸고 다니던 그 예방책은 세월이 지나면서 가족사진이나 연꽃 혹은 십자가 등등 여러 모양으로 바뀌었는데 그들도 붉은 봉투만큼 힘이 있을 거라고, 혹시 모양이 조악스럽고 서툴기도 했지만 누군가의 기원을 받은 거라고, 막연하지만 그런대로 위안을 삼기도 했다 그 핑계로 삶이 좀 만만해질 수도 있겠다고 생각했다 상습침수지역 주차장에서 혼자 오래 비 맞고 서있는 낡은 자동차 룸미러에 주렁주렁 달린 흰 마스크처럼

.

애월이라고 했다

짧은 여행을 마치고
공항 가는 길
해안도로를 경유하기로 한다
실체 없는 서운함에
우리는 점점 말이 없어지는데

안개도시라고 했다
달이 바다에 잠겨있다고 했다
밤이면 많은 이들이 사랑을 하고
날이 밝으면 흔적 없이 사라지는 곳이라고 했다
인사 없이 가면서 곧 다시 오겠다고 하지만
끝내 돌아오지 못하는 곳이라고 했다

사방이 바다인 곳에서
처음 바다를 본 듯
안개 속에 오래 서있었다

애월이라고 했다

잔혹동화

겨울동안 길고양이들에게 내어주었던 지하실 청소를 시작
했다 날이 따뜻해지면서 노상방뇨가 일상인 녀석들의 냄새
가 스멀스멀 거실까지 올라왔기 때문이다 새끼를 낳고 기르
고 떠나고 다시 돌아와 추운 날을 잘 견뎠으니 그리 서운하
진 않겠지
거미가 밤새 공들여 지은 집을 치우면서 조금 미안해진 집
주인은 거미가 낙천적인 성격이었으면 좋겠다는 생각을 했
다고 한다
여긴 좁고 불편했어 좀 넓은 곳으로 가야겠어
지하실을 나가면서 고양이들도 말하겠지
역시 지하실은 아니었어 역세권으로 알아봐야겠어

독립하라는 잔소리가 싫어
등 돌리고 앉은 너에게
늙은 어미는 자꾸 동화같은 이야기를 들려주고 있는 것인데

풍경소리

교장으로 퇴임하신 남편과 함께 시골에 내려와 장장 두 해
에 걸쳐 작은 집 한 채를 완성한 김여사가 먼저 귀촌해 살고
있는 지인들을 초대해 집들이를 하는 날 볕 좋은 툇마루에
앉아 정갈하게 얹힌 한옥기와를 한참 올려다보던 박여사가
아쉬운 듯 한마디 한다 처마 끝에 풍경을 하나 달아두면 그
소리가 참 좋을 텐데
집주인 김여사 빙그레 웃으며 말한다
풍경소리 좋지요
바람소리도 풍경
새소리도 풍경
가끔 찾아오는 손주들 노는 소리도 풍경
밤새 소복소복 눈 내리는 소리도
풍경소리랍니다

하루도 안 보면

사랑하는 사람 못 보는 거 같아 너무 보고 싶어요
낙지잡이가 생업인 어부는 맨손으로 잡은 낙지를
챔피언 벨트처럼 번쩍 들어 보인다
보고 싶다는 말이
저렇게 해맑을 수 있구나

밤새 책상 앞에 앉아 썼다가 찢고
또 다시 쓰고도 기어이 부치지 못한 편지
핸드폰 화면 가득 쓰고 지우고 결국 보내지 못한 문자
보고 싶다는 말

외국에 있는 아이는 통화를 할 때마다
고양이가 보고 싶어 죽겠다고 한다
키우던 고양이도 보고 싶고 아직
본적도 없는 입양한 아기 고양이도
보고 싶고 마당을 드나드는 길고양이도
보고 싶다고 한다 하지만 끝내
엄마가 보고 싶다는 이야기는 못 듣고
나는 전화를 종료하고 만다

7월

봄에 태어난 고양이들이
다음 봄까지 살아있을 확률은?

한 계절도 못 사는 생이 있다
여름밤은 짧고 가는 길은 멀다
어둠과 어둠 사이
죽음과 죽음 사이
길고 외로운 길을 혼자 간다
가끔 생각하겠지만 오래
기억하지는 못할 거라고
밤비 맞으며 너를 배웅한다

담장에 기대 자라던 접시꽃이
밤새 내린 비를 견디지 못하고
바닥에 길게 쓰러졌다

is back

2020년 11월호 재즈 피플 표지는 피아니스트 키스 자렛이다
더 이상 연주를 하지 못한다는 소식과 마지막 솔로 음반이 될지도 모르는 부다페스트 콘서트 새 앨범을 소개하는 자리였다 두 번의 뇌졸중으로 좌반신 마비가 된 그는 재활을 통해 거동은 가능하게 되었으나 피아노 연주는 어려울 것이라고 했다

온갖 루머에도 불구하고 긴 침묵 끝에 모습을 드러낸 가수 나훈아는 여전히 위풍당당 건재함을 과시했고 마지막일지 모르는 시집을 발표한 노시인은 그래도 삶의 마지막을 미리 알 수는 없다고 했다 시의 운명 또한 그러하리라고 했다

재즈 피플은 키스 자렛이 기적적으로 회복해 다시 피아노 앞에 앉길 바라는 마음을 서문에 적었다

심한 교통사고로 목숨을 잃을 뻔한 색소폰 연주자 아넷
콥은 투병 끝에 어렵게 복귀를 했는데 그의 음반 재킷에
는 양쪽 어깨에 목발을 짚고 연주를 하는 모습이 그려져
있다 is back, 오랜 시간이 지나 무대에 돌아온 그의 음반
제목이다

안부

한 달 동안 내부 공사가 있으니 양해 바란다는 쪽지가 아파
트 현관과 엘리베이터 안에 붙었다 어머니가 사는 바로 위
층이다 그동안 세를 주었다가 집주인이 직접 들어와 살 거
라고 했다 노인이 종일 집을 지키는 동안 하루는 벽이 무너
질 듯 흔들렸다가 하루는 천정이 들들거리더니 벽지가 찢어
졌다고 했다 관리사무소에 민원을 넣어도 이웃끼리 잘 해결
하시라고 미루니 결국 멀리 사는 딸들을 호출하셨다 공사
중인 인부에게 양해를 구하고 들어가 집 내부를 매의 눈으
로 살피는데 정작 앞장 서 올라간 어머니는 거실을 가로질
러 베란다 끝에 서서 한참을 내다보시더니 가자, 한 말씀 하
시고 돌아 선다 엉겁결에 따라 내려온 딸들에게 어머니가
말씀하셨다 '육층 올라가니 둥지도 잘 보이고 새끼들도 잘
있는걸 보니 속이 시원하다' 어머니는 오층 높이 나뭇가지
에 집을 짓고 사는 새 둥지 안이 몹시 궁금하셨던 거다

헤어질 때마다 마지막인 것처럼
오래 인사하고

어린아이 고갯짓에도 봄꽃 뚝뚝 떨어지는 한낮 여러 날을
벼르다 만난 노시인과 당신 연세만큼 오래된 노포에서 갈비
탕으로 점심을 하고 봄볕아래 커피를 한 잔씩 시키고 앉았
다 열어놓은 카페 안으로 바람이 들락거리자 꽃잎이 따라
들어왔다 나가지 못하고 점점이 바닥에 흩어진다 그 모습을
말없이 바라보는 올해 여든 일곱 시선집을 낸 시인의 눈길
이 아득하다 헤어지기 아쉬워 사진도 한 장 찍고 불안한 다
음을 기약하고 돌아서는데 화르르 날리는 꽃잎 사이로 허
공을 젓던 희고 마른 손
공중에 한참 떠 있다 사라진다

한낮

영월 십일 킬로미터를 남기고 앞선 차들이 비상등을 켜더니 급기야 서서히 멈추기 시작합니다 예고 없는 정체입니다 일이 해결 될 때까지 그저 기다리는 수밖에 없습니다 편도 이차선 도로를 꽉 채운 차들은 움직일 기미 없이 시간만 자꾸 지나갑니다 기다리다 지친 사람들이 차에서 나와 갓길을 서성이기도 하고 공연히 주변을 힐끗거리다 들어갑니다 녹음이 깊어지면서 불안도 늘어납니다 기약 없이 기다리는 일에 지칠 때쯤 사람들의 시선이 한쪽으로 쏠립니다 뒤쪽 어디쯤인가 차에서 내린 여자아이가 정차된 차 사이를 지나며 손하트를 퐁퐁 날립니다 대충 스무 살쯤 되었을까 핫팬츠에 슬리퍼 차림입니다 평소 같았으면 무언가 불편한 상황이었겠지만 저 상큼한 모습에 지루한 시간을 잠시 잊습니다 깔깔거리는 웃음소리가 산골짜기에 메아리로 울립니다 폭염주의보가 내린 한낮의 일이었습니다

무문관을 보다

밤새 어린 것 울음소리에 시달리다
결국 잠을 밀어내고 일어나 앉는다
간밤에 보았던 것이 꿈인 듯 생시인 듯
감은 눈앞에 어른거리다 사라진다

스님 문 닫습니다 밖에서 외치니 내가 갇힌 것인가 아니면
스스로 들어갔으니 나를 가둔 것인가 가시덤불에 가시담장
에 저렇게 크고 끔찍한 면류관을 쓰고 지독한 방에서 입 닫
고 귀 막고 삼년 누군가는 떠나가고 누군가는 사라지는 동
안 독한 눈빛으로 살아낸 사람들은 녹슨 자물쇠를 풀고 또
어디를 향해 갈까

내 잠에 찾아와 울던 소리는
한 계절을 와서 살고 세상으로 나간
어린 고라니였을까

11월

너무 많은 소리로 고요하여°
우리는 이제 침묵합니다
멀리 개 짖는 소리 들리고
오늘 밤 누가 떠나갑니다

쓴
커피
한 잔을
나눠 마시고
자리에서 일어나
나는
어둠 속으로
들어갑니다

° 황동규, 「정선 화암에서」

새벽에 쓴 발문

박세현(빗소리듣기모임 준회원)

어디선가 읽은 기억이 있다.

한번쯤 술에 취해서 시인의 말을 써보고 싶다고 했던 황동규 선생의 말이 떠오른다. 생각만으로 시가 취할 듯. 시집의 주인이 내게 의뢰한 것은 발문이다. 해설을 피하겠다는 뜻이다. 해설(解說)이 해설(害說)이 되는 경우를 걱정해서였을까. 발문은 또 무엇인가. 해설과 다른 점이 무엇이지. 발문(跋文)을 발로 쓴 글 정도로 이해하는 나로서는 발문의 좋은 전례를 알지 못한다. 그러니, 그래서 그냥 쓴다. 발문(跋文)이라기보다 발문(發問)에 가까운 글이 될 수도 있다. 글이 어떻게 전개될지 모르겠다. 우왕좌왕하다가 글을 맺고 싶기도 하다. 나는 올해 칠십이다.

시집 안부에는 63편의 시가 4부로 분절되어 수록되었다. 각 부는 번호가 달려 있다. 매우 단순한 편집이다. 1부에 17편, 2부에 18편, 3부에 15편, 4부에 13편이 각각 수록되었다. 적절한 분량으로 보인다. 300여 편의 시를 묶어서 소설책같은 두께의 시집을 낸 시인도 있는데 그런 과함에

비한다면 시집 안부는 손에 잘 들어오는 그립감을 줄 수 있는 양적 경제를 가지고 있다. 시가 형태라면 시집은 시의 물질성을 장엄한다. 발문을 쓰는 이 시점에서 시집의 장정을 상상할 수는 없지만 기대는 필자의 것이다. 자, 이제 무슨 얘기부터 하지?

당신의 부재

이 시집이 발문자에게 전하는 소식은 부재에 관한 시적 중얼거림이다. 부재는 대상의 상실이다. 없음은 있음의 확인일 것이고, 있음은 없음의 재확인일 것이다. 시인은, 이 시의 스피커는 누군가를, 무엇인가를 잃어버렸거나 놓쳐버린 뒤에 만나게 된 잔상을 문자로 재구성한다. 그것은 애도의 과정이자 우울증의 증상이기도 하다. 문장이 이 길로 접어드니 독후감이 과한 듯 해서 시적 화자의 눈치를 보게 된다. 애도는 잘 보내는 심리적 의례이고, 애도가 덜 되어 찌꺼기가 남는 증상은 우울증이다. 어쩌면 이 시집을 선회하는 증상이 애도와 우울인지도 모르겠다. 문장 앞머리에 쓴 어쩌면은 면피용 부사어다. 발문 필자로 불려왔지만 시적 정황에 대해 확정적 판단을 내리는 건 조금은 위험하고 많게는 무모하다. 하물며 그것이 시에 관한 것이라면 더 그렇다. 이 시집에는 부재하는 당신이 아니라 당신의 부재를 기록한 시가 충분히 많다. 이 점이야말로 시집 안부의 도

드라진 목소리라고 본다.

서로 다른 곳에서 같은 악몽에 시달리는 그것이

어떤 상황인지 독자는 모른다. 이 시집에는 대상의 부재
만 있고, 그에대한 상황의 전말은 없다. 지워졌다. 시의 화
자는 알겠으나 독자에게는 어떤 정보도 주어져 있지 않다.
시를 아리송하게 만드는 요소이지만 반대로 그 점이 시를
더 시답게 만들기도 한다. 독자의 상상력을 스트레칭하게
만들면서 동시에 독자를 화자의 시점으로 이동시킨다. 시
의 보편적 환기력이 작동되는 순간이다. 이것은 시의 화자
를 대신 독자가 그자리를 실감하게 만드는 시적 효과를 발
휘한다. 시인은 어떤 기억을 다 지웠다고 생각하지만 완벽
하게 지워지지 않음에 끔찍해하면서 서로 다른 곳에서 같
은 악몽에 시달리는 나와 당신에게 심심한 위로를 전한다.
동상이몽이 역전된 순간이다. 이상동몽이라고 할까. 가을
밤은 이 별에서 만난 이별을 염두에 둔 시다. 가을밤과 같
은 계보의 시들이 말하자면 이 시집의 중심 시민들이다.
그들에게 시인은 서로 다른 의상을 입혀준다. 그런데도 시
들이 걸치고 있는 의상은 유사한 느낌을 전달한다. 고독,
본질, 존재와 같은 이음동의어들을 환기시킨다. 그 말이 그
말이다. 그것을 그것으로 돌이키게 만드는 그것이 시에 또
는 시집에 배어 있다. 그것은 고독이다. 반복하자. 고독은

존재이고 본질이다. 설명할 수 없고, 설명으로 해소되지 않는 절대적으로 개인적인, 사사롭게도 절대적인 비교급이 없는 시인의 고독이 이 시집을 물들이고 있다. 고독은 그러나 모든 고독은 근원적 상실에서 출발한다. 키우던 반려짐승의 부재와는 같지 않다.

내일은 안녕하신가요?

이 시집의 기본적인 서사는 헤어짐 즉 분리다. 분리에 대한 복잡한 심사와 그것을 언어로 무화시키려는 시인의 욕망은 다양한 문장으로 표현되지만 그것의 본질은 동일하다. 님은 갔지만 님을 보내지 않았다는 만해의 시는 이 시집에도 참고적이다. 시적 의상과 말투가 다를 뿐이다. 만해는 님의 침묵의 군말에서 님의 정체에 대해 밝혀놓았다. 님만이 님이 아니라 기른 것은 다 님이라고 눙쳤다. 그것이 무엇이든, 누구든. 시집의 프롤로그에 해당하는 첫 시 안부의 끝 문장은 흥미롭다. 자신을 인정하면서 그러기에 자신을 속이는 비문법적 문장이 등장한다. 말간 얼굴을 한 새해 아침에/오래된 영화의 한 장면으로 묻습니다/내일은 안녕하신가요? 미래를 가리키는 명사와 현재형 서술어가 결합하고 있다. 문법적으로는 일그러진 시적 자기 허용이다. 기묘한 표현이다. 이 문장을 해설하다가 날이 샐 수도 있을 것이다. 물론 설명이 잘 될수록 설명은 오리무중에

빠질 것이다. 아무튼 이 기묘한 모순어법이 시의 인물이 자신에게 던지는 화법이다. 어쩌면. 어쩌면이라는 부사어를 또 쓰는군. 아무튼 어쩌면 시집을 열면서 만나게 되는 시 안부는 기타의 다른 시들을 대표한다고 할 수는 없겠으나 시인의 현재적 메시지를 잘 포함하고 있음에는 이의가 없어 보인다. 현재의 시점에서 내일의 안부까지 현재형으로 묻는 시. 말장난처럼 들릴 수 있는 언어의 여백도 그럴 듯하다. 안부의 발성에 준하는 시들이 여럿 등장한다. 시집을 읽게 될 독자들은 발문에 동의하게 될 것이다.

   대추나무집이라는 식당에 정작 대추나무가 없고, 우물이 있는 집이라는 카페는 우물이 또 없다. 시 제목이 대추나무 집이다. 낮달이 사라진 자리에도 낮달은 떠 있다. 떠 있어야 한다. 이런 무망한 기대가 현실을 버티는 힘이다. 강릉역에서 220번 시내버스를 타고 우리 동네 가자면 이번에 내리실 정류장은 장수탕이라는 방송을 듣고 내리면 된다. 장수탕은 문 닫은 지 오래다. 더 이상 장수탕이 아니다. 그렇지만 나는, 사람들은 장수탕이라고 해야 빨리 알아듣는다. 아. 옛날 장수탕 있던 자리. 바뀐 자리를 설명하기 위해서 옛날 기억까지 들추어내야 한다. 기억의 고집이다. 철학자들이 고정 기표라고 부르는 것이 대추나무 집에도 작용한다. 없지만 있는, 있지만 없는 것으로 착각하는 언어의 진실이 시집에는 은근슬쩍 배어 있다. 독자는 그 여백이 궁금하다. 여백이 여백만이 아님을 확인하게 되는 여백의 흔적은 이 시집의 시적인 매혹이기도 하다.

그림자로 합석하시렵니까?

창밖의 남자를 읽으면서 홍상수의 밤의 해변에서 혼자가 생각난다. 호텔 창문에 매달려 창을 닦던 남자. 나는 이 장면을 웃으며 보았다. 상징이니 뭐니 하면서 보는 이론적 젠체는 아니다. 뭐, 우연히 청소도 할 수 있는 거지. 기억에는 그래도 오래 남는다. 우연은 그런 필연인가 보다. 객실에서 그것을 내다보는 영희 역을 맡은 김민희. 영희가 김민희 역을 연기하기도 하는 장면. 창밖의 사내는 안을 보고, 김민희는 밖을 본다. 안과 밖이 삼투하는 장면이 이 대목에서 떠오른다. 창밖의 남자라는 시는 상설시장에 있는 푸른색 카페에서 메뉴에 없는 캔맥주를 마시면서 밖을 내다보는 화자의 서사다. 서사라는 말을 발문에서 거푸 쓰게 되는데 걸리는 독자도 있을 것이나 이해하시라. 살아있는 시간과 공간은 다 서사라고 생각하고 쓴다. 이 시는 엔터키를 세 번 치면서 마무리된다. 비가 내리고 있답니다/당신은 아직도 밖에 계십니까?/어두워지면 그림자로 합석하시렵니까? 아직도 라는 연착을 채근하는 부사어와 하시렵니까 라는 청유형 어미가 순하고 자연스럽게 접속하고 있다. 일상어

법으로는 어서 합석하시지요?가 되겠지만 그림자라는 환영이 주입되면서 이 시는 사실성을 벗어난다.

시를 읽으면서 상상하는 건 독자의 자유다. 그게 문학을 접하는 독자의 행복이기도 하다. 문학작품을 읽고 단지 그 작품에만 공감하는 건 생산성이 없는 독서일 가능성이 크다. 그럼? 독서는 하나의 촉매이거나 자기 안에 자기도 모르는 다른 것이 건드려지는 게 좋은 독서다. 문학은 더 그렇다고 본다. 정독이나 완독이라는 말이 가끔 허망스럽게 들리는 이유다. 창밖의 남자를 읽으면서 당신으로 호명되는 남자는 누구일까? 내가 아닐까 하고 독자는 자기를 대입해볼 수 있다. 그러면서 시 속의 구체적인 정보들과 자신의 정보를 맞추어보고는 이내 자기가 아니라고 단정지을 수 있다. 그 반대도 충분히 이해된다. 맞다. 내가 저 카페에 있었지. 그런 상념들. 그래서 성급하고 서툰 독자는 마침내 시인에게 물어볼 수도 있다. 시 속에 남자는 누구요? 정답은 시를 쓴 시인 자신도 그가 누군지 모른다는 것이다. 그것을 나는 시적 진실이라 말하겠다. 내 거인 듯 내 거 아닌 내 거 같은 노랫말처럼 시에 붙어있던 정보는 중력을 잃어버리게 될 것이다. 만해의 님을 조국이니 부처니 뭐니 하는 연구자들의 헛소리처럼 시는 시인의 손을 벗어날 것이다. 만해도 모르는 그 님처럼 정작 시를 작성한 시인도 모를 창밖의 남자.

끊어

끊으라고!

이번 시집은 시인에게 통산 세 번 째가 된다. 풍경을 건너가다와 낯선 곳에서가 앞서의 시집이다. 이 시집들의 공통점은 풍경에 관한 시적 진술이 중심을 이루고 있음이다. 시인은 자신이 접하는 생활 주변의 풍경을 덤덤하게 요약하면서 거기에 시적인 발성을 입히는 방법을 시의 주요 특징으로 삼는다. 덤덤하게 라는 말에 방점을 찍는다. 이번 시집에도 이 필기 방법은 중심적으로 사용되었다. 풍경묘사의 덤덤함 때문에 독자도 덤덤하게 읽어넘길 수 있다. 거기에 나는 시인의 독특한 또는 남다른 장처가 숨겨져 있다고 보는 입장이다. 시인은 별것 아닌 듯한 풍경을, 별것 아닌 듯한 에피소드를 별것 아닌 듯한 말투로 필기한다. 이 방식은 세 권의 시집에 지속적으로 반복되면서 진화를 거듭했다. 시집 안부는 이러한 시적 방법을 고공으로 밀어올렸다. 다시 덤덤하게 라는 말을 쓰면서 하는 말인데 이 시인의 덤덤함은 그러나 덤덤함을 넘어서는 깊은 내면(초고는 내공이었는데 수정 과정에서 바꾸었다)이 있다. 그것은 가장(假裝)된 덤덤함이다. 덤덤함은 덤덤함을 밀고 올라오는 무엇인가를 눌러버리는 안간힘이자 억압이다. 시는 잊었던 기억들이 귀환하는 풍경을 짐짓 또는 솔직하게 바라본다. 덤덤하게 가끔은 덤덤해야지 하는 화법으로 말한다.

일종의 시적 내숭이다. 그것은 그것이면서 그것이 아니라는 화법이 이 시집의 몇몇 시들이 보여주는 특징들로 보여진다. 발문은 그 점을 표나게 지지한다.

특히, 눈여겨 볼 것은 이 시집이 완성한 시의 형태다. 대부분의 시가 행갈이에 의존하거나 산문으로 기술하는 편인데 이 시집은 그런 관행을 벗어나면서 나름 새로운 시의 형태를 세공했다. 급한대로 명명한다면 산문과 운문을 자기 식으로 결합시킨 형식미다. 이런 형태가 이 시집에서 비롯되는 것은 아니다. 다른 시인에게서도 간헐적으로 발견된다. 그러나 이 시인만큼 그것을 형태적 개성으로 소화한 예는 과문이다. 시를 형태라고 말한다면 이 시집은 형태미의 조용한 성취에 도달했다. 이 시집의 큰 미덕이라고 발문자는 쓴다.

시의 제목을 24절후에서 차용한 시들도 눈길을 끈다. 그것들을 일일이 적을까 하다가 참는다. 그런 노동은 나보다 젊은 독자들이 하는 게 낫다. 24절후는 그 자체로 우리를 일깨운다. 여보시게, 입춘이야. 말만으로도 작년 일은 다 잊어먹고 우리는 서둘러 입춘에 준하는 마음가짐을 준비한다. 시에 얹혀있는 절기들은 시인의 심적 상황을 잘 건드린다. 가령, 상강 같은 시. 서리가 내린다는 개념만으로도 마음은 서늘해진다. 발문자는 이 시를 오래 들여다 보았다. 일찍 찾아온 추위. 새벽 기도를 마친 할머니가 지팡이를 짚고 언덕을 오른다. 반짝 켜졌다 꺼지는 대문의 센서등. 해가 뜨기는 이른 시각 가로등 하나씩 꺼지는 풍경. 여기까지가 시에 대한 설명이자 요약이다. 설명은 지저분하구나. 시가 건너간 자리를 좇아가지 못한다. 롱테이크로 찍은 장면같고, 정밀이 멈춘 듯한 장면의 순간성이 상강의 새벽풍경을 찍어낸다. 쓸쓸한 시다. 아무도 떠나지 않았는데도 말이다. 서리 내린다는 상강은 기표만으로도 쓸쓸하다. 쓸쓸함은 쓸쓸함을 초과한다.

시 망종도 그렇다. 씨발/끊어/끊어/끊으라고! 조용한 골목길의 오수를 흔들어버리는 목소리. 먼저 전화를 끊지도 못하는 씨발의 주인은 다 우리의 대역이다. 그것도 폭염이 내린 한낮에 말이다. 대낮은 언제나 삶의 한복판이다. 능청스럽게 대낮에 들려온 어떤 상황을 요약한 시는 펄펄 살아들끓는 삶의 한 토막을 툭 잘라서 보여준다. 싱싱하게 꿈틀거리는 삶의 냄새가 훅 끼쳐온다. 발문의 분량을 좀 늘이기 위해 하는 딴 얘기. 연변대학 출신의 영화 감독이 찍은 망종이 있다. 나는 이 영화를 잊을 수 없다. 그후. 그의 영화를 볼 수 있는 데까지 찾아보았음. 2020년에 개봉한 후쿠오카도 내겐 잊을 수 없는 영화다. 내게는 잊을 수 없는 영화만이 명화라는 편견이 있다. 그때 장률은 이미 다음 영화를 찍었다는데 역병으로 인하여 개봉은 물건너갔다. 영화 망종과 시 망종이 오버랩되어서 떠들어보는 말이다. 군말: 후쿠오카 엔딩에 사용된 들국화의 아침이 밝아올 때까지를 한번 더 들으려고 며칠 후 충무로에 다시 갔다는 거 아닌가. 노래는 들국화의 원년 멤버 조덕환이 만들었고 보컬은 전인권이다. 이 노래는 후쿠오카의 배경 속에서 들어야 한다. 발문자의 관념고정.

내게 시란 무엇인가

시인은 시 봄바람 타고에서 질문한다. 내게 시란 무엇인가. 그리고 시를 통해 자문자답한다. 내게 시란 무엇인가/웃자란 잔디거나/성질 급한 꽃송이거나/소란 속에 울컥 터져 나오려던/내 속엣말이거나/그 모든 잘린 것들이/윙윙거리며 날아오른다고 중얼거린다. 시인이 잠정적으로 내리는 봄날의 결론에 발문자는 보탤 말이 없다. 그것은 군더더기. 발문자가 덕담으로 하고 싶은 말은 무엇이 시인가를 질문하는 자가 시인이라는 것. 시가 무엇인지 알 때 그 시는 불행해진다. 그런 시인 또한 관습의 포로가 된다. 이 정도면 좋은 시 아니여? 이런 맥락들. 신춘문예 당선작 같은 시들이 뿜어내는 눅눅한 새로움에 속아서는 안 될 일이다. 평론가들의 칭찬에도 속지 말아야 한다. 누군가의 칭찬은 누군가의 고정관념일 뿐이다. 시인은 그런 언설을 못 들은 척 하면서 내게 시란 무엇인가를 되물어야 한다. 불행한 것은 시를 잘 쓰려고 애쓰는 일이다. 시를 잘 써서 뭐하지? 이 시집에 수록된 시들은 읽기에 따라서는 세련된 시들이다. 눈에 잘 띄지 않는 기교들이 숨어 있다. 시를 시적이게 만드는 기법들이 그렇다. 발문자에게는 눈에 드러나지 않거나 아예 기교라고 할 것도 없는 이 시집의 무기교가 더 눈에 들어온다. 망종 같은 시가 그런 예다. 그런 시적인 안목은 이 시인만이 가진 예리함이 아닐까 싶다. 대개의 우리는 그러하다. 어떻게? 시를 잘 쓰기 위해 남의 시를 많이 읽는다. 더러 어떤 시인을 섬기기도 한다. 우리가 남의 시집을 읽는 것은 그 시인이 갔던 길을 피해가려는 것이지 그 시인이 갔던 길을 따라 가려는 것은 아니다. 그 시인이 멈춘 지점에서 시작해야 하는데 대개는 그 시인이 닦아놓은 길을 따라 간다. 그게 편하거든. 이런 말을 떠드는 것은 안부를 쓴 시인이 자기 말투를 독자에게 설득시키는데 성공적이라는 뜻이다. 발문자는 그 점을 경축한다. 그런 성취는 하루 아침에 얻어지는 게 아니다. 다양한 문화적 섭취가 지원되어야 하는데 이번 시집에는 그런 시적 열망이 잘 반영되었다. 다음 단락에 시 낮술 전문을 인용하겠다.

바람 불고 비 내리는 날은 낮술이 좋지 볕 부시고 꽃 고운 날에도 낮술이 좋지 대낮에도 캄캄한 반 지하 술집에 문만 열어놓은 채 잠든 주인을 두드려 깨우니 장사익을 틀어주며 술은 셀프하시란다 저 적적한 목소리에 찔레꽃 여러 번 피고 지는 동안 저런, 술은 마시지도 않고 취하겠다 바싹 달군 더위 한가운데로 검은 고양이가 걸어간다 고양이라고 했지만 그림자일지도 모르겠다 고양이는 한번도 돌아보지 않고 어쩌면 그림자도 다른 길로 가버린다 그 모습을 바라보다 혼자 마음을 다친다 주인은 아직 잠에 취했고 무단침입한 객들은 냉장고 불빛 아래에 오래 있다 오늘은 그렇게 취해 혼자 어디든지 가겠다

발문자는 이 시에 별 다섯 개를 준다. a4 한 장으로 독후감을 적어도 모자랄 판에 별을 준다는 건 나른한 일이다. 그렇다고 하더라도 별 다섯이 어딘가. 발문자의 취향을 감안하면서 나는 이 시의 시적 흥취를 오래 기억할 것이다. 낮술은 여러 시인들이 다루고 있는 시거리지만 이 시 정도의 취기가 오르는 시는 보지 못했다. 발문에 착수하기 전에 근본없는 색소포니스트 김오키의 인터뷰를 잠시 보았다. 우리나라 재즈하는 사람들 사운드가 개판이라면서 김은 한 마디 더 보탰다. 남의 거 따라하면서. 그러면서 웃었다. 김오키의 지적을 발문자에게 다시 되돌리면서 자판을

두드린다. 낮술을 읽으면서 글에 취한 취흥 때문에 이런 말을 지껄이게 되었다. 그의 연주곡 내 이야기는 허공으로 날아가 구름에 묻혔다(feat, 서사무엘)는 시집 안부의 배경음악으로 들을만 하다. 그가 키스 자렛의 광팬이었다는 사실도 참고.

나는
공란입니다

이제 대충 정리하고 발문을 닫아야 할 지점에 왔다.

나는 발문이라는 핑계로 정처없는 글길을 움직여왔음이다. 좀더 깊이 내려가서 시를 살펴야 했겠으나 그건 발문의 손끝이 닿지 않는 영역이다. 또 나는 그런 깊이로 들어가는 길도 모르거니와 너무 깊이 가면 돌아나오지 못할 수도 있다. 그러니 시의 거죽에서 미끄러지다가 만 셈이다. 발문자는 그런 자신을 격려한다. 그렇지만 발문자는 마음에 드는 시집을 읽었다는 만족감을 숨기고 싶지 않다. 좋은 시집이라는 표현은 쓰지 않는다. 그것은 나 자신의 소소한 신념과도 배치된다. 좋은 시나 잘 쓴 시라는 관습적 상찬은 거의 대개가 헛소리이자 어김없는 속임수이다. 문예인끼리 나누는 우정의 덕담이다. 문단의 풍속으로 보자면 안부는 분명히 좋은 시집이다. 그보다 더 분명하게 말하자면 이 시집은 시인의 골똘함이 자신의 문학적 육체를 얻었다는 점이다.

자기 문체를 확립했다는 말도 되고 자기 세계를 열었다는 말도 허용된다. 시인은 세 번 째 시집을 통해 자기 삶의 어떤 공백(공란)에 도달했다. 자기 삶에서 사라진 것들에 대한 애도와 우울을 여러 차원의 풍경을 통해 불러들이고 다시 떠나보낸다. 시인은 높고 외롭고 쓸쓸한 망루에 홀로 선 자의 관망을 독특한 형태적 긴장을 통해 방출했다. 이 시집의 은밀하고 덤덤한 성취다.

교장선생님 훈화 같은 말씀만 늘어놓았습니다
시와 훈화는 짧아야 좋답니다

그런데 발문은 길어졌다. 발문의 일차 독자가 될 시인의 너른 이해를 바란다. 이제 나는 할말을 다 했다. 끝으로 한 말씀. 마지막으로 한 말씀. 빠진 말이 없는가 돌아보면서 주춤댄다. 안자이 미즈마루를 추모하는 하루키의 에세이가 떠오른다. 마음을 다해 대충 그린 그림. 이 문장에 묻어가자. 마음을 다하지도 못하고 대충 쓴 발문이 되었다는 것이었던 것이다. 발문자는 두 가지 핑계로 이 글을 다독이고 변명하면서 물러가겠다. 발문은 이론이나 논리에 급급한 해설류가 아니었다는 점과 무엇보다 필자가 방금-이제-막 칠순 역에 도달했다는 생물학적 사실이 그것이다. 쓰기와 읽기에 거추장스러워 본문에서는 시와 시집을 구분하는 기호를 사용하지 않았음을 밝혀 둔다. 아무쪼록 녹자 제위의 심심한 불편을 기원하며.

건투를 빕니다.

안부

2022년 3월 15일 초판 1쇄 인쇄
2022년 3월 25일 초판 1쇄 발행

———

지 은 이 강송숙
펴 낸 이 강송숙
디 자 인 디엔더블유
인   쇄 디엔더블유
펴 낸 곳 오비올프레스

———

ISBN 979-11-89479-08-4

———

출판등록 2016년 9월 29일 제 419-2016-000023호
주   소 (26478) 강원도 원주시 무실새골길 52
전자우편 oballpress@gmail.com

———

이 시집은 강원도, 강원문화재단 후원으로 발간되었습니다.